KB059806

그때는 당신이 계셨고
지금은 내가 있습니다

그때는 당신이 계셨고
지금은 내가 있습니다

2018년 8월 3일 1판 1쇄 발행
2023년 3월 17일 1판 3쇄 발행

지은이   전병석
펴낸이   한기호
편집   오효영 도은숙 유태선 김미향 염경원
경영지원   이재희
펴낸곳   어른의시간

출판등록 2014년 12월 11일 제2014-000331호
주소 121-839 서울시 마포구 서교동 484-1 삼성빌딩 A동 2층
전화 02-336-5675 팩스 02-337-5347
이메일 kpm@kpm21.co.kr
홈페이지 www.kpm21.co.kr

ISBN 979-11-87438-15-1 03810

· 어른의시간은 한국출판마케팅연구소의 임프린트입니다.
· 잘못된 책은 구매처에서 교환해드립니다.
· 책값은 뒤표지에 있습니다.
· 이 도서의 국립중앙도서관 출판예정도서목록(CIP)은 서지정보유통지원시스템
  홈페이지(http://seoji.nl.go.kr)와 국가자료공동목록시스템(http://www.nl.go.kr/
  kolisnet)에서 이용하실 수 있습니다. (CIP제어번호 : CIP2018022847)

그때는
당신이 계셨고
지금은
내가 있습니다

전병석 지음

어른의시간

"현대 시가 너무 어려워요."
"시집 100권 읽고 와서 말해라."

대학 시절 선생님 말씀을 따르지 못하여
국어 선생으로 사는 내내 힘들었다.
시가 무엇인지 여전히 모르면서
2년 전쯤부터 어머니에 대한 그리움을
시의 형식을 빌려 SNS에 올렸다.
너무 쉽고 평범해서 어떨까?
마음을 갸웃하면
'괜찮은데'
'좋다'
주변 사람들이 추임새를 넣었다.

그 북돋아 준 힘으로
시집을 발간하게 되었다.

부끄러운 마음

괜한 짓 한다는 마음이 크다.

그럼에도 바라기는

겨울이 되면

터진 논둑처럼 갈라진

어머니의 손가락 마디마다

가득 채웠던 바셀린

그 정도의 위로라도 주는 것이다.

그 정도의 용기라도 주는 것이다.

차례

시인의 말

1부

당신이
계시지 않아도

2부

옅은 햇살에
아이들 웃음처럼

3부

맑고 깊은 그리움이
당신이었으면

당신이
계시지 않아도

사
랑

한겨울

아랫목 솜이불 속에서

속옷 꺼내 주시는 어머니

황금동
복지회관

노년의 어머니는

고스톱이 낙이셨다

세상이 개나리로 노랗게

피어날 때 당신을 뵈러 가는

황금동 복지회관

빼꼼히 문 열면

패보다 먼저 보이는 막내 얼굴

코주보 두 장보다 반갑다

화투 얼른 버리고

고스톱보다 훨씬 재미없는

막내 따라 나선다

내던진 화투 패가

아쉽기도 할 텐데

당신은 화투 속

목단보다 붉다

공산보다 환하다

틀
니

잠자리에 들기 전
머리맡 대접 물속에
틀니를 담그면
당신은 밤마다 하회탈이 된다
오물오물
몇 번 입 움직이다
휘이휘이
안개처럼 흩어지는 목숨
이승에서 틀니처럼
당신 곁에 붙어서
오래오래 사랑하고 싶었다
오래오래 사랑받고 싶었다

역
모

내일이면

엄마는 퇴원한다

형제들이 모였다

엄마를 누가 모실까

아무도 나서는 사람이 없다

큰형이 무겁게 입을 열었다

요양원에 모시자

밀랍처럼 마음들이 녹는다

그렇게 모의하고 있을 때

병원에 있던 작은 형수

전화가 숨 넘어간다

어머님 상태가 갑자기 나빠지고 있다며……

퇴원 후를 걱정하던 바로 그 밤

자식들 역모를 눈치챘을까

서둘러 당신은

하늘길 떠나셨다

장
독

수돗가 양지

올망졸망한 장독들

일찍 떠난 남편

군에 간 큰아들

콩나물처럼 자라는 막내

생각날 때마다

하나, 둘, 셋……

가슴 아리는 그리움

눈물 반짝이는 슬픔

큰 그리움은 큰 독에서

작은 슬픔은 작은 독에서

아프게 익었으리라

하지만

큰 독에도 작은 독에도

담을 수 없었던 외로움은

어떻게 되었을까

시
계

대학 입학하던 날

당신은 힘에 부치게

카시오 시계 선물로 주셨다

철없는 아들이 기뻐할 때

갚아야 할 늘어난 일수표 칸만큼

오래오래 당신은 찬바람 맞았다

카시오 시계

당신의 속 깊은 사랑은

자주 전당포에 있었다

그 아들 선생 되어

사랑에 보답으로

입시 홍보물 시계 드렸다

대학 로고 선명한

싸구려 시계

싸구려 마음

그래도

당신에겐 정말 소중했다는 것

당신 서랍 정리하다
당신처럼 멈춰 버린
시계를 보고 알았다

가족사진

이삿짐 정리하다
찾아낸 가족사진
당신 칠순 잔치 때 찍은 사진
사진 속 당신은 곱게 차려입은 한복에
꽃을 달고 환하다
누린 호사라면
목숨이 풀려 가는 마지막 길에
자식들이 함께한 정도인데
이렇게 밝고 환하게 웃은 날이
몇 날이나 있었을까
결혼식 때의 가족사진을 빼고
가족이 함께 있는 유일한 사진
애기를 안고 있는 나는 풋풋하다
당신과 꼭 같이 칠순이 되는 큰형도
아버지를 닮아 머리가 빠져가는 작은형들도
당신 앞서 떠난 매형도
복사꽃 청춘이다

우리에게도 이런 날이 있었다
당신은 이미 가셨지만
아직 이렇게 환하다

돋보기안경

노점에서 산
금테 돋보기안경으로
당신은
삐뚤삐뚤 적어 둔
자식 전화번호 뒤진다
전화기를 들었다 놓았다
끝내 돌리지 못하는 것은
시어머니보다
더 어려워진 자식 때문이리라
청춘에 과부 되어
4남 1녀 번듯하게 키웠어도
돋보기안경만 한 자식이 있었을까
당신처럼
돋보기안경을 끼고
당신의 마음을 들여다본다
가을비처럼 젖어 오는
내 눈을 들여다본다

이
해
불
가

엄마가 늘상 자랑하던

인물 아까운 도곤이 외삼촌

매일같이 다니던 도봉산에서

황천객이 되었다

한걸음에 달려간 울 엄마

눈물 콧물 다 쏟아

저러다 죽겠다 싶더니

먼 아재 나타나자

코 한번 시원하게 풀고

멀쩡한 얼굴로 웃으며

끊어진 소식 나눈다

그러다 또

아이고 도곤아~

풀어진 상두꾼의 목청처럼

서럽게 잘도 운다

친구들

섬촌에 살아 섬촌댁
미동에서 시집와 미동댁
한 동네에서 결혼해 지동댁
번개시장에서 만나
이름도 성도
곡식 팔 듯 팔아 버리고
형님 아우 되어
함께 걸어온 징한 세상
기워 신은 검정 고무신 같던 세월
이모실로 시집가 이모실댁
술꾼 정씨 남편 만나 정상댁
타이어 가게 식모 살아 다야댁
웃은 날보다
눈물이 더 많아
석양 꼬리 같던 말년의 복
그것마저 다 못 누리고

24

앞서거니 뒤서거니
꽃잎처럼 흩어집니다

병
상
에
서

지난밤

거친 바람에도

떨어지지 않으려 버틴 것은

네가 있기 때문이다

존재하는 것만으로

힘이 된다는

네 말 때문이다

홀연히

어느 바람에 떠나더라도

슬퍼하지 마라

흩날리는 벚꽃처럼

아름답길 빌어라

운수 좋은 날

봄꽃도 한철이듯

날마다 즐거울 수 없다

돌부리를 걷어찬 날이 훨씬 많다

장마철에 잠깐 걸린 무지개처럼

짧은 순간의 기쁨으로

오랜 슬픔의 날 버틴다

오늘은 기쁜 날

네가 오랜만에 전화를 하였다

네게는 사소할지 모르나

나는 그 사소한 전화로

오랜 외로움을 견딘다

늙어 혼자 살면서

전화를 기다리는 것이

하루의 전부라면

너는 믿을까

치
매

엄마가
구긴 마분지 같은 얼굴로
심각하게 말한다
네가 준 용돈
이불 속에 두었는데
베개 안에 넣었는데
옷장 저고리 안에 숨겼는데
귀신도 모를 곳에
꼭꼭 감추었는데
감쪽같이 자꾸 없어진다
누구겠니
아무래도
네 형수가 가져간 것 같다
아니 틀림없다
뼈처럼 단단히 말한다
형수가
너무 억울해서

어머니와는 살 수 없으니
나를 선택하든
어머니를 선택하든 하라 했을 때
형님이 형수를 선택한 것은
정말 말이 되는 것이었다
바다도
받아들일 수 없는 강물이 있듯이
어머니의 억지도 그런 종이었다
그럼에도
어머니를 모시지도 않는 나는
그런 형수가, 그런 형님이 미워
눈밭에 눈 굴리듯 미움만 굴렸다
형님네가
한겨울 솜이불 속에서
몸이 쏙 빠져나온 것처럼 떠나고
큰 집에 혼자 남게 된 엄마
성치 않는 몸으로

마당에 심어 놓은 노란 국화
그 국화 지고 다시 피어나서야
나는 알았다
당신이 날마다 기다렸던 사람이
막내인 내가 아니라
형님이었음을
당신이 날마다 미워했던 사람이
형수가 아니라
당신 자신이었음을

명주 수의

가난하여
옷에 욕심낼 수 없었다
어느 해 윤달에
그만 덜컥 욕심내어
명주 수의를 장만하였다
그 후로 봄꽃이 피어나면
입어 보고 좋아했다
죽음이 좀 슬지 말라고
해마다 봄볕에 말리고
좀약을 갈았다
살다 살다가
장롱 깊숙이 숨긴 죽음이
국화처럼 환하게 찾아올 때
처음으로 사치한 명주 수의
곱게 곱게 차려입고
시집오던 그날처럼
당신에게 가고 싶다

벌초

당신이 잠든 무덤가
쑥대가 지천으로 자랐다
예초기로 댕캉댕캉 목을 쳐도
해마다 끈질기게
더 많은 목숨으로 살아오는 쑥
생전에 잘 모시지 못해
죄스러운 마음
예초기를 다잡고 휘두를 때
당신이 말씀하신다
"쑥도 생목숨인데……"
마흔 어름에 혼자되어
눈 내리고 바람 부는 세상에서
쑥대처럼 생목숨 쫓겼던
당신이 또 말씀하신다
"함부로 할 수 있는 목숨은 없다"
예초기를 내려놓고
노오란 국화

당신이 좋아하던 꽃
쑥대 곁에 심는다

한식 풍경

한식날
어머니를 뵈러 갔다
어머니는 말이 없으시다
머리에 새치 뽑고
발톱을 정리해 드렸다
마당에 영산홍 몇 나무 심었다
어머니는 말이 없으시다
형님이 담배를 물려 드리고
잘 계시라 절하고 나니
해 지기 전에 어서 가라신다
발걸음에 깔리는 산 뻐꾸기 울음
삼키고 삼켜도 남은 슬픔
서산이 붉다

당신이 없어도

당신이

계시지 않아도

화장실에 휴지가 없을 때

양치 후 물이 나오지 않을 때

그때보다 아쉽지 않았다

삶은 여전하게

강물처럼 굽이 흘렀고

오래전에 갖고 놀다

싫증이 나서 처박아 둔

장난감처럼

당신 또한 그러하였다

하지만

명절이 되어

모두들 귀향으로 즐거울 때

나는 돌아갈 곳이 없었다

그때서야

울컥 당신이 그리웠다

그
리
움

당신 떠나신 지

얼마라고

아무리 당신 모습 떠올려도

물에 번진 수채화처럼

희미합니다

곰곰이 당신 말씀 생각해도

씹힌 카세트테이프처럼

뒤죽박죽입니다

당신을 그리며

일찍 잠자리에 들어도

꿈에서조차

보이지 않습니다

혹여나 당신

오는 길 잊었을까

아스라한 꿈길에

초승달 하나 달았습니다

눈물

모란은 꽃으로
라일락은 향기로
어머니는 눈물로
한세상 살아갑니다

꽃보다 향기
향기보다 눈물이
오래 아름답습니다

어머니는
세상에 넘치는 눈물을
눈물로 닦아 줍니다

어머니는 눈물입니다

그
래
도

엄마는 구구단을 모른다
그래도
계란 한 접에 구천칠백팔십 원이면
다섯 개에 얼마인지 금방 계산한다

엄마는 글자를 모른다
그래도
이 집 저 집 막 깐 외상
한 달이 지나도 오늘처럼 기억한다

엄마는 초등학교를 모른다
그래도
남의 눈에 눈물 내는 일은
벼락보다 더 무서워한다

엄마는 가난하다
그래도

땡볕에 찾아온 젓갈 장수
보리밥 된장에 찬물 한 그릇
통 크게 대접한다

선
명
한
이
유

여자가 담배 피는 것이

흔하지 않던 시절

왜 담배를 피냐고

당신에게 물으면

중풍으로 누운 시어머니

한여름 방 안 가득 퍼질러진 대소변

씻으려 들면 더 번지는

얼룩 같은 시어머니처럼

몸에 배는 역한 냄새 잊으려

시어머니 미워하지 않으려

담배를 물었단다

이렇게 선명한 이유가

몇 개나 있을까

나의 삶에

노
란
국
화

잠시 동안

세상에 아름다움을

줄 수 있는 꽃은 많다

한 계절 내내

아름다움을 세상에

줄 수 있는 꽃은 많지 않다

노란 국화는

붉은 감들이 떨어지고

서리가 내려도

깊고 따뜻한 아름다움으로

세상을 환하게 밝힌다

노란 국화

어머니가 사랑한 꽃

세상 어디에도 있지만

세상 어디에도 없는 꽃이다

어
머
니

강변에
자갈 무너지는 소리
매일같이 나는

큰물에 휩쓸려 가다
나뭇가지에 걸린
검은 비닐 같은

바람 불던 번개시장
몸보다 큰 보따리에 눌려
헉헉하는

큰 집에서
혼자 밥 먹고
텔레비전 혼자 보는 당신은

애비 없는 자식 소리 듣지 마라
이 말 이상 한 적이 없다

봄
날
에

어머니는
심장병 수술을 받으시고
6개월을 병원에 계셨다
퇴원을 했지만
입에서, 몸에서
병원 냄새가 난다며
힘들어하셨다
그해 봄 어렵게
어머니와 수성못 벤치에 앉아
봄햇살에 병원 냄새를 말렸다
봄바람에 병원 냄새를 지웠다
수양버들처럼
가늘어진 호흡을 하시며
어머니는 내 손을 꼭 잡으셨다
벚꽃이 가볍게 날리던
그 짧은 봄이 많이 그립다

어
둠

밤이 되어야
나타나는 별처럼
어둠이 마당을 채우고서야
집으로 돌아왔다
그러다 어머니는
아예 어둠이 되었다
큰 별이 아니어도
어느 언덕에선가
세상에서 가장 행복한
별로 빛나기를 소원하며
어머니는
세상에 남아 있는 어둠 모아
완전한 어둠이 되었다
어머니가 없는 밤
어머니의 자리에 누워
별을 기다리는 어둠이 된다

기
쁨

밭에서
김매고 오신 어머니는
두꺼운 책을 베고 잠자는 내가
자랑스럽다

심근경색

밤새 가슴이 쪼여 와도
고구마를 먹어 체한 줄 알았다
까스활명수 마시고
손끝마다 바늘을 찌르다
봉숭아 물 들인 손톱처럼
까맣게 물들어
대학병원에 도착했을 때는
심장이 벌써 괴사되었다
너덜너덜 해진 심장
촘촘하게 꿰매었어도
구멍 난 풍선처럼 힘 빠져
복지회관 낮은 오르막도 힘들다
무조건 참으면 되었는데
이제는 참을수록 더 아픈
심근경색 세상이 되었다

바
지
랑
대

물 먹은 솜이불처럼

널려 있는 4남 1녀

그것들 햇볕에 조금 더 말리려다

자빠져 찌그러진 요추 4, 5번

병원에 갈 수 없어

쓸개즙 소주에 섞어 마신다

물 젖은 세월 더 널려

요추 6, 7번마저

병원에 가더라도

십자가를 짊어진 그분처럼

즐겁게 버틸 일이다

쓸개즙 소주 마시며

꽃
의
말

이생에서 꽃 피는 날이
길지 않아도 슬퍼하지 않음은
영원한 것은 없음이라
꽃잎으로 흩어져도
슬퍼하지 않음은
다시 오는 봄이 있음이라
가지 끝 어디
머문 자리 없어도
꽃의 이름으로 살았음에
감사할 뿐이라

2부

열은 햇살에
아이들 웃음처럼

행복

하롱 하노이

쌀국수집

김광석 거리에서

이른 저녁을 먹는다

가객이 남긴

코스모스빛 그리움

유성보다 허무한 청춘

오랜만에

아내와 함께하는 저녁

나란히 앉아 먹는

삼천 원짜리 쌀국수

행복하다

자
식
이
뭐
라
고

카튜사 간 아들

외박 와서

뭐가 제일 먹고 싶냐 하기에

김치라 했더니

당신은

기차 타고

시외버스 타고

시내버스 타고

걷고 또 걸어

전방으로 면회 왔다

배추김치

열무김치

깍두기

파김치

머리에 이고

양손에 들고

아들이 뭐라고
자식이 뭐라고

오
해

아내와
엄마와 백화점에 갔다
에스컬레이터를 타면서
흔들리는 엄마의 마른
낙엽 같은 손을 잡았다
아내는
그 모습을
잘 박힌 못처럼 가슴에 박았다
집으로 오자마자
물처럼 쏟아낸다
당신이 경상도 남자라
바깥에서
여자 손 못 잡는다고 한 말
모두 거짓이란다
사랑이 없어서 그런 거란다

권
태
기

토요일 오후

아내가

물회가 먹고 싶다며

포항에 가자고 하였다

나는

물회도 별로고

운전도 싫어

핑계를 대었다

아, 아내를

사랑하지 않는구나

가슴이 철렁하여

프로야구가 없는

토요일 오후

아내와 포항물회를 먹었다

모과나무

모과나무는
사람들이
못냄이다 해도
아이고 내 새끼 한다

모과나무는
가을볕 한 움큼이라도
더 쬐게 하려고
푸른 잎들 아프게 지운다

모과는
어느 날
지상에 툭 떨어져도
간직한 향은 떨어지지 않는다

모과나무는 엄마다

염색하다가

아내의 설득에
염색을 한다
아무리 공을 들여도
휴전선처럼 분리되는
머리와 얼굴
그 경계선을 가르는
염색약을 지우려
문지르고 문질러도
쉽게 지워지지 않는다
어머니 집에 들를 때마다
"머리 허연 것 천지 보기 싫다" 하시며
염색약 건네시던 어머니
이마에 묻은 염색약처럼
지워지지 않는다

가정환경 조사

내가 국민학교에 다닐 때는
가정환경 조사를 손을 들어서 했다
그래서 비밀이 없었다
자기 집에 사는 사람
텔레비전 있는 사람
냉장고 있는 사람
전화기 있는 사람
여기까지는 그래도 괜찮았다
강가 자갈들처럼
모두가 고만고만했다
할아버지 있는 사람
엄마 없는 사람
아버지 없는 사람
여기까지 오고 보면
아버지가 없는 나는
손을 드는 것이
참 부끄러웠다

어떨 때는 눈물이 났다

그때 생각했었다

믿고 살아야 할 세상에

비밀이 없는 것이 좋지만

쪼금 비밀이 있는 것도 좋겠다고

사
춘
기

아들이

불처럼 대든 날은

온몸으로 바람이 들어오는 것 같다

이
팝
꽃

당신 집에 가면

시래기처럼 늙은 당신은

더운 김 나는 밥을 먹어야 힘이 난다며

꼭 이팝꽃 같은 쌀밥을 다시 지으신다

이미 먹은 저녁밥은 말도 못 하고

있던 밥에 또 내가 먹고 남길 밥

혼자 식은 밥 삼킬 당신이 아려

힘을 내어 또 먹는다

잘 먹는다고 한 숟갈 더 보태며

한 숟갈은 정 없다며 또 한 숟갈

자식바보 엄마바보

이팝꽃이 활짝 피었다

자
식

옅은 햇살에
아이들 웃음처럼
터지는 매화
보고 보아도
예쁘다
하나하나로 있어도
함께 뭉쳐 있어도
아침에 보아도
저녁에 보아도
예쁘다
가까이서 보아도
멀리서 보아도
가지에 달려 있어도
땅에 떨어져 있어도
예쁘다

목
욕

설을 앞두고
연중행사로 하는 목욕
수증기 올라오는
고무 통에 들어간다
동네 까까머리들
축구장이었던 보리밭마냥
반질반질 딴딴한 때들
국수틀의 국수처럼
줄줄이 밀려 나온다
육이오 때 중공군 같다
밀려나고 밀려나지만
다음 추석 때까지
버텨야 할 내 몸의 것들
아련한 추억들

우분투

막내가
초등학교 1학년 운동회 때
학급 달리기에서
네 명 중 꼴찌를 했다
그날
그림일기에 이렇게 썼다
뒤를 돌아보니
내 뒤에 아무도 없었다
아마 그날
일등 한 아이의 그림일기에는
이렇게 쓰이지 않았을까
앞을 보니
내 앞에 아무도 없었다
앞을 보든
뒤를 보든
아무도 없는 달리기는
비에 젖은 낙엽처럼

쓸쓸하다

봄
꽃

아이들은
피어나는 봄꽃
일찍
혹은 늦게
눈앞에서
아님 먼 곳에서

아이들은
피어나는 봄꽃
혼자서
때론 함께 어울려
보이는 곳에서
보이지 않는 곳에서

아이들은
가슴 설레는 봄꽃
언젠가

한 번은 피어나는

마음이 자라는
학교에서
— 송무백열 —

벚꽃을 보고

이팝꽃은 웃음 짓는데

친구 아들 s의대 졸업 소식

내 마음 갑갑하다

승승장구 친구들

내 마음 출렁인다

환한 대낮에도

꽃들에게 부끄러운 마음

두 손 들고 벌선다

마음이 자라는 학교에서

내 마음도 자랄까

소나무 무성하니

잣나무 기뻐하는 데까지

* 소나무가 무성하면 잣나무가 기뻐한다는 뜻. 즉, 벗이 잘됨을
  기뻐함.

70

솔이와 신이

첫아이 낳아
한솔이라 이름했다
아비의 바람을 담아
큰 소나무로
그 그늘 아래에서
사람들이 쉴 수 있기를

둘째 낳아
한신이라 이름했다
어미의 바람을 담아
큰 믿음의 사람으로
그 품에 기대어
인생들이 평안할 수 있기를

솔이와 신이는 내 운명

아
이
들

아이들이 돌아왔다

성헌이

원수

연락이

성기

혁준이……

변하지 않은 이름 들고

멋지게 변한 모습으로

선생보다 더 좋은 차 타고

선생보다 더 비싼 구두 신고

가르치는 재주는 없고

오직 있던 재주라곤

아이들 사랑하는 마음뿐이던

얼치기 젊은 선생 잊지 않고

그 시절 선생보다 더 나이 들어

아이들이 돌아왔다

가출하고 싶으면

자기 집에 오라던

바보 같던 선생에게

소주 한잔 올리고 싶어

모닝콜 하던 담임선생 얼굴 봐서

학교 한번 다녀줄라고 했던

그 아이들이 돌아왔다

출석부를 몰래 숨기던

그 마음 여리던 선생에게

감사하다

그 한마디 하고 싶어

뻥튀기

아버지 따라간 장터

겁에 질려 귀를 막고

바라보던 뻥튀기

퍼엉 소리와 함께

쏟아지던 하얀 쌀송이

튕겨 나와 구르던 그놈들에게

달려들던 가난했던 욕심

잘 마른 옥수수처럼

뻥튀기 불구덩이에 앉아

먼지 나는 길가에서

펑 터지고 싶었던 작은 꿈

이제 뻥튀기 한 봉지 살 수 있는

부자가 되었지만

그 시절 두려움 속에서 기다리던

짜릿한 설렘은 다시 살 수 없다

모든 것에 위축되어 가는 중년

저 쇳덩이 속에 들어가

숯불 위에 퍼질러 앉아

퍼엉 터지고 싶다

소중한 것

온종일

대구 거리 찬바람으로 떠돌다

석양 같은 막차 놓치지 않으려고

급한 걸음 옮기다

차에 받혀 쓰러진다

병원 가자는 말에

화들짝 놀라

정신없이 역으로 달아난다

시커멓게 멍든 얼굴

결리고 쓰린 가슴

화가 난 아들은 말한다

왜 그냥 왔냐고?

당신은 무덤덤하게 말한다

이렇게 집에 왔으니

돼지도, 개도, 너도

따뜻한 밥 먹지 않느냐

하늘 아래

이것보다 중한 것

내게는 없다

추석에

어제

한잔 걸치고

집으로 돌아오다

문득 바라본 이국 하늘에

휘엉청 밝은 달이 떠 있었습니다

행정실장님이

목소리 처량하게 하여

"행님, 고향 가고 싶소 잉"

그 말이 몰래

집에까지 따라왔습니다

모두가 타국이고

타향인 이곳에서

가끔씩

보름달처럼 커져 오는 그리움

산안개처럼 퍼져 가는 노스텔지어

오늘은 추석

드릴 것은 모두 행복하시라

이 작은 축복뿐입니다

아버지

아버지가
산으로 떠나시던 날
웃고 울며 온 동네 사람들 상여 매셨다

그 아버지는 우상이셨다
마당 수돗가에 큰 거울 세워 놓고
기인 면도칼로 수염을 깎으셨다

그 아버지는 맹물이셨다
못자리에서 모를 찔 때
피를 골라 햇볕에 버리지 못하셨다

그 아버지는 낭만이셨다
찬바람 부는 초가을
한복에 입술이 퍼렇도록 피리를 낚으셨다

그 아버지는 평화이셨다

집 광에 든 도둑

조용히 놓아 보내셨다

혼자

팔십이 되었어도

혼자 일어나

혼자 밥 먹고

혼자 목욕 가고

혼자 말하고

혼자 TV 보다

혼자 잠자고

혼자……

혼자……

혼자……

혼자 죽는다

로드스콜라

학교란 말만 들어도
통나무처럼
온몸이 굳어 오는 아이에게
밝고 환한 햇살 한 줌
손에 쥐어 주고 싶어
함께 길을 나선다

낮밤이 바뀌어 사는
몇몇 억센 아이들은
올레길 따라
출렁거리는 푸른 바다는
처음부터 마음에 없어
파도처럼 으르렁거린다

그러거나 말거나
누구누구 이름만 들어도
덜덜덜

약봉지도 뜯지 못하는 아이에게
파도를 들어 올리는
바람 같은 마음 하나 건네고 싶어
묵묵히 걷고 걷는다

추억처럼 길가에 피었다
느닷없이 밟힌 클로버
안간힘으로 다시 꽃대를 세우듯
살기 위한 처절함으로
손목을 긋는 아이 손 꼬옥 잡고
굽이굽이 굽은 길을 펴 가면서
오르막, 길의 정점을
함께 오른다

아이는 선생을 믿어
마음이 가볍고
선생은 아이를 사랑하여

배낭이 무거워도
길을 가다 보면
석양이 하늘을 물들이듯
길 위의 선생과 아이는
서로를 곱게 물들인다

심
선
생
어
머
니

청송 덕천 마을에
봄비가 내립니다
구순이 넘은 노모는
새벽보다 일찍
고추 모종을 심습니다
"일 좀 고만해라"
자식들 아무리 말려도
"이것도 안 하면 죽은 거지"
말은 그렇게 하여도
자식마다 한 포대씩 안길 기쁨
고춧대처럼 자식들 세우지 못한 마음
덕천 마을에 내리는
봄비는 훤하게 알고 있습니다

노후대비

나이가 들면

자랑거리가 있어야 한다

자식이든

돈이든

구라든

그렇지 않으면

똥 씹은 표정 숨기고

부러워 죽겠는 것처럼

맞장구를 쳐야 한다

그 기술을 배워야 한다

나이가 들면

보험보다

연금보다

출세한 자식보다

찾아오는 자식이 있어야 한다

잉
여
인
간

아침 일찍
학교에 가는 손주같이
일터에 가는 아범같이
두류공원으로 출근한다

학교 가기 싫은 손주처럼
하루 푹 쉬고 싶은 아범처럼
집에서 드러누워 낮잠을 자고 싶어도
한 자죽이라도 뗄 힘이 있으면
두류공원으로 가야 한다

눈치는 주는 것이 아니라
눈치는 보는 것이라
버틸 수 있을 때까지 버티다
집으로 돌아온다

오래 살아도 당당한

느티나무처럼 살 수 없다면

오늘 같은 내일은

아무리 많아도

눈뜨고 싶지 않아라

깨달음

세탁기에서
막 꺼낸 빨래를
대충대충 건조대에 넌다
탁탁 털어 널어야 한다는
아내의 말은 잔소리로 흘린다
햇볕과 바람이 놀다 간
빨래들은 뻣뻣하다
펴려고 해도 펼 수 없다
젖어 있을 때
탁탁 털어 널어야 하듯이
인생도 젖어 있을 때
탁탁 털어야 한다

3부

맑고 깊은 그리움이
당신이었으면

신
비

보아도 보이지 않습니다
들어도 들리지 않습니다
사랑이 오는 소리

보지 않아도 보입니다
듣지 않아도 들립니다
사랑이 떠나는 소리

빨간 리본

산을 오르다

갈림길에서 만나는

가지 끝 빨간 리본

님보다 반갑다

귀 기울이면

바로 가고 있음을

앞서 지났던 사람들의 이야기

전해준다

갈림길에서

길이 없는 곳에서

가지 끝 빨간 리본은

하나님이다

어느덧

빨간 리본으로 살아야 할 나이

소나무 굽은 산길에서

산객을 기다린다

은행나무 아래에서

은행잎이 떨어지는
하늘과 땅은
가득 찬 그리움으로
온통 노란빛이다
이른 봄부터 여기까지
선물처럼 다가온 마지막 시간도
온통 노란빛이다
은행에서 뽑아 든 대기표처럼
순서도 모른 채 기다리는
당신의 호출
그렇지만 결국
내 몸 위에 네 몸
내 사랑 위에 네 사랑 떨어져
함께 흙으로 돌아갈 설렘으로
가을은
온통 노란빛이다

기
다
림

9월이

또록또록 애타게

10월을 기다립니다

당신을 기다립니다

자박자박

세상 환하게 붉어 오는

단풍으로

9월이

하늘하늘 수줍게

10월을 기다립니다

당신을 기다립니다

성큼성큼

세상 아름답게 피어나는

코스모스로

9월이 가고

10월이 오면
단풍처럼 오실 당신
오래 바라보고 싶습니다

9월이 가고
10월이 오면
코스모스처럼 오실 당신
오래 사랑하고 싶습니다

계란 장사

한센병 사람들이 모여 양계하는
영천 오수동에서
언덕만큼 담은 계란 한 다라이
목숨처럼 이고 시오 리를 걸어온다
자식만큼 소중한 계란도
이 순간은 힘겨운 돌덩이
머리에서 내려
물 한 모금만큼 쉬고 싶어도
내려 줄 사람은 손 없는 바람뿐
허위허위 달빛
자식 삼아 이고 온다
새벽이 오도록
크기대로 골라
찬찬히 막내 씻기듯 닦아
대구행 첫차로 팔러 가는 당신은
깨어져 흐르는 계란처럼
언제나 터져 있어도

오수동 사람들마냥

온종일 행복하였다

어느 1월

친구와 마주한
1월의 저녁
바람은 차게 불고
어둠은 조금 더 짙어도
오뎅탕 국물에 소주 한잔
마음을 나누는 벗이 있어
행복하다
인생이 가는 길은
돌아서면
걱정이고 울음……
내일이 또 눈물 나더라도
오뎅탕 국물 같은
뜨끈한 사랑을 나누자
소주처럼 넘어가는
아리한 사랑을 이야기하자

비 오는 날

비가 내립니다

자작나무는

머리끝에서 젖어

뿌리까지 푹 젖고 싶습니다

연인들이 우산을 펼 때

나뭇잎 접고

하늘에서 내리는 비

다 받고 싶습니다

목관을 타고 올라오는

그리움이 장대처럼 쏟아지는

오늘은

자작나무 숲에서

자작자작 타는 사랑

나누고 싶습니다

사랑은

사랑은
손을 잡는 것이다
향 따뜻한 커피처럼
담장에 붙은 담쟁이처럼

사랑은
마음을 잡는 것이다
흩어지는 산안개 같은
풍경 소리 떠나는 바람 같은

사랑은
이별을 놓는 것이다
서산이 해를 넘기듯
단풍나무 단풍 떨구듯

사랑은
기다리는 것이다

하늘에서 떠난 눈이

뜨거운 가슴에 쌓일 때까지

숨
바
꼭
질

창을 열면

당신이 있습니다

종종걸음으로

몰려다니는 바람처럼

마음이 빨라집니다

부르면 돌아볼 거리에

당신이 있어도

조간신문을

아껴 읽는 은퇴자처럼

마음을 아낍니다

여름 푸른 잎이

단풍을 아름답게 숨겨 두듯이

오늘도

보고픈 마음

몰래 숨겨 두고 옵니다

동
행

내가 붉게 물들 때
그대 또한 붉게 물들었다
내가 노랗게 물들 때
그대 같이 노랗게 물들었다
석양이 하늘을 물들이듯
누가 누구를 물들인 것 아니다
같은 봄, 같은 여름을 지나
겸손함으로 계절을 따르는
마음과 마음이 닿았을 뿐이다
내가 있어 네가 더 붉고
네가 있어 내가 더 빛나는
아름다움이 되었다

코
스
모
스

당신이

즐겨 다니는 산책길

오늘은

마음 붉은 코스모스로 피어

당신을 기다립니다

이 많은 코스모스 속에서

저를 쉽게 알아보리라

기대하지는 않습니다

가장 일찍 피어

가장 오래 당신을 기다리는

마음이 욕심이라면

당신의 가을

맑고 깊은 그리움이

항상 저면 좋겠습니다

목
련

나는

한 번도

무엇을 바라

꽃 피운 적 없다

나의 빛깔

나의 향기

나의 자태

환한 외로움으로

밝은 생명으로

오직 당신을

기다리며

피고 지고 피고 지고……

나는

한 번도

무엇을 바라

꽃 피운 적 없다

연륙교 단상

섬과 섬 사이에
다리가 놓였다
두 섬이 연결되었다
그럼에도
해 지는 노을에
보리멸 따라 헤엄쳐 건너던
출렁대는 이야기들은
로드킬 당한 고라니처럼
저 다리를 건너지 못한다
수많은 자동차와 사람들이
파도처럼 밀려오고 가도
섬은 자꾸자꾸 외롭다
바다 더 먼 벌판으로
수평선 너머로 달아나고 싶다
섬과 섬 사이에
푸른 바다만 있으면 좋겠다
그대와 나 사이에

고독한 사랑만 있으면 좋겠다

이
사

헌 옷은 불사르고
감나무는 남겨 두고
서글퍼지는 마음
치마끈에 단단히 묶고
차에 올라 그만 훌쩍인다
어떻게 사나
비질할 마당도 없이
망할 놈의 산업도로
휑하니 사람의 가슴을 뚫어 놓고
어디로 달리자는 말이냐
가까워지는 도시
그 집에도
비에 호박은 자랄까
제비는 집을 지을까
큰물처럼 불어나는 마음

갈
매
기

나는
날마다 입술을 깨문다
절대 새우깡 하나에
달려들지 않을 것이다
수평선 멀리 보아야 할 눈으로
새우깡 노리며
치열하게 머리를 디밀지 않으리라
이 다짐의 맹세는
국기에 대한 맹세처럼
아주 오래되었다
하지만
엄숙하게 맹세하여도
애국심이 자라지 않는 것처럼
날마다
다짐의 맹세를 하여도
짭쪼름한 새우깡 그 하나를
참을 수 없다

가
자
미

평생 바다에서 살다

빨래처럼 널려

하늘에 달려 있는 재미가 쏠쏠하다

해풍이 지느러미를 간질이면

바다로 돌아가고 싶을까 봐

빨래집게 여물게 물었다

바다를 버리고 하늘을 얻는 것은

목숨을 내어놓는 일

한때 너무 밋밋했던 바다

거꾸로 달려서 보니

왜 이리 가슴 출렁이는지

한 번씩은 거꾸로 달려 볼 일이다

개
똥
철
학

길을 가다

멍청하게 길을 가다

퍼질러 놓은 똥을 밟았거든

그대로 멈출 일이다

놀라서

쪽팔려서

씩씩댈수록

똥은 더 진하게 퍼져 간다

세상을 살다

사람 좋게 세상을 살다

똥 같은 사람을 만났거든

똥 같은 경우를 당했거든

그대로 멈출 일이다

아니면

그냥 한번 웃든지

그도 아니면

욕 한번 옴팡지게 하든지

누구에게는

장마처럼

쏟아지는 눈은

겨울 하늘과 산새와 나무

외로운 산불 감시원

아직 오지 않은 첫사랑에게는

가슴 부풀게 하는

하늘에서 내리는 축복이다

홍수처럼

불어나는 눈은

할 일 남은 청소부

코 빨간 전방의 어린 병사

벌써 이별한 옛사랑에게는

가슴 먹먹하게 하는

하늘에서 내리는 똥이다

세상의 어떤 것

누구에게는 축복

누구에게는 똥

중년의 꿈

아이들이 돌아간

텅 빈 운동장

중년의 사내들이

공보다 큰 배를 흔들며

축구를 한다

한 번은 뻐엉

골망을 흔들고 싶었던

어렵게 얻은 찬스는

왼발에 걸려들어 헛발질이다

축구처럼

인생도 맨날 헛발질이다

그래도 제대로 오른발에 걸려들

한 방 찬스를 기다리며

아이들이 돌아간

텅 빈 운동장

중년의 사내들이

공보다 큰 배를 흔들며

축구를 한다

빵꾸

학교 앞길에서

빵꾸 때우는 아저씨

튜브를 꺼내어 바람을 넣고

대야의 물속으로

튜브를 꾹꾹 누르며 돌리면

숨을 못 참고 올라오는 해녀처럼

뽀록 물방울이 오른다

입에 문 담배

찐하게 빨고

줄로 밀고 본드를 발라

새 고무를 덧붙이면

바람을 품고 살아난다

살고 살아도

바람 빠지는 인생

누구에게 맡기나

학교 앞길에서

빵구 때우는 아저씨

지렁이

비 오는 날

물 따라 세상 밖으로

올라온 지렁이

기고 또 기어도

건널 수 없는

아스팔트의 땅

비 그친 순간

간절히 돌아가고 싶어도

차라리 바늘에 꿰어져

물고기 밥이 되고 싶어도

아니 자동차에

한순간에 목숨을 놓고 싶어도

화덕에 소금 튀듯

아스팔트 위를 뒹군다

생목숨 다 마를 때까지

잡초

여름방학 즈음
학교 현관 앞 보도블록 틈으로
잡초들이 올라왔다
잡초를 보면
무조건 뽑아야 한다는 생각에
고군분투하며 뿌리내리는
잡초들의 눈물은 보지 못한다
날 세운 호미를
내 고장 난 생각의 뿌리에 겨누지만
생각은 보도블록처럼 단단하여
연신 찍혀 나오는 것은 잡초들이다
가을이 여름을 지나가게 하듯이
제 목숨 살다 갈 때까지
그냥 둘 수 없을까
잡초를 뽑으며
잡초 같은 생각을 한다

고
해

늙은 달이

어둠을 주워 들고

장승처럼 웃으면

조그만 사람들은

사람이 그리운 하늘에다

가난한 하루를 조상하고

마른 바람에 가로수

조용히 목매는 세월 앞에는

어제처럼

아쉬움들이 끓어

고해에 매달린다

나이를 먹다

신호등 몇 발짝 앞에서
푸른등으로 바뀌었다
조금만 달리면 건널 수 있다
그래도 달리지 않는다
종종종 건너는 사람들 구경하며
다음 신호를 기다린다
서둘러 서둘러 살아 봐서 안다
신호등은 급하다고
신호를 바꾸지 않는다
눌린 살갗이 올라오듯이
다음 신호를 기다려야 한다

토종닭백숙

청송 주왕산

달기 약수로 삶은 토종닭백숙

쫄깃쫄깃하다

부드럽다

삶이 마른 대추 같은 사람들

달기 약수 한 대접 들이켜고

주왕산 영천식당 아랫목에

마늘 먹은 곰처럼 앉아

쫄깃쫄깃

익기를 기다린다

죽음의 꿈

목련은
땅에 떨어지면
참 너절하다
그런데
동백은
땅에 떨어져도
그대로 예쁜 꽃이다
한 번은
반드시 마주해야 할 죽음
거기에 꿈이 있다면
동백처럼
단번에 훅
떨어지고 싶다

배
려

순천 송광사는
나무들 편히 쉬라고
해 떨어지면
스님들 모든 불 끈다

민들레

바람만이 겨우 드나들 수 있는

보도블록 그 틈에

뿌리를 내리고

싹을 틔우고

꽃을 피운 시간은

외로웠지만 행복하였다

존재하는 모든 것은

작별의 때가 있어

목숨을 솜사탕처럼 부풀려

마지막 바람을 기다린다

햇볕 쨍쨍한 지상에서

눈물과 기쁨

순결함과 고독함

가장 깊이 안아 주었던

당신 닮은 바람 운 좋게 만나

아이가 놓친 풍선처럼

여운 오래오래

아니

밤하늘 별똥별처럼

훅 사라지고 싶다

잘 가시게
― 태국이 형에게 ―

우물쭈물하다

잘 가시라

인사도 못 하게 생겼다

잘 살았다는

형의 담담한 고백이

눈물보다 애절함은

지상에 남을

마지막 말이기 때문이다

한 사람의

생애가 가는데

꽃 피는 봄이면 어떻고

눈 내리는

겨울이면 어떻겠는가

잘 가시게

사랑하는 사람아

당신은 어디쯤

정신 차리고 따라와

내가 앞장설게

산골짜기를 내려올 때까지

손을 꼬옥 잡았다

어느 개울에서부터

한눈을 팔다

강 초입부터는 큰물에 쓸려

손을 놓쳤다

제자리에서 기다려야 하는데

속절없이 흘러간다

울고 있는 내게

더 깊은 산골짜기에서 왔다는 친구가

바다에서 만날 거라며

어서 가자 손을 잡는다

당신은 어디쯤 흐를까

바다가 가까워지고 있다

고수부지 테니스장

신천 고수부지 테니스장

늘어진 네트 같은 노인들이

혼복으로 주거니 받거니

젊어서 힘 다 써 버려

결정타를 날리지 못한다

바람보다 빨랐던 몸의 기억

이제는 어슬렁 넘어오는 공도

따라가기 벅차다

머쓱함보다 웃음이 먼저다

누군가 빠뜨리지 않으면

젊은 날에 그러했듯

주거니 받거니

지쳐 자빠질 때까지

생각만으로 끔찍하다

석양을 사는 지금

결정적 찬스가 오더라도

알면서도 속아 주던 당신처럼

슬쩍 공을 흘릴 일이다

몸의 힘을 뺄 일이다

재
개
발

멀리 앞산을 보며

힘을 얻고 꿈꾸던

키 낮은 다세대 주택들

다닥다닥 살갑던 삶

어느새 무너지고

고층 빌딩 올라간다

3층 교무실 창 너머로

앞산 한 쪽이 지워졌다

까치발을 하여도

안경을 써도

자라처럼 목을 빼어도

다세대 주택의 꿈

높이 올라간 건물에 붙은

'분양 임대' 넘을 수 없다

꿈

팔공산에 사는
아기 단풍나무입니다
키 큰 나무로 자라
가장 높은 하늘을 보고 싶습니다
가끔씩 들려오는 계곡물 소리
뿌리마다 꼬옥 잡습니다
나무들 사이로 흘러드는 작은 햇살
잎마다 차곡차곡 모읍니다
방향도 없이 떠도는 바람
가지마다 즐겁게 숨깁니다
캄캄한 밤 별들의 신비
가슴에 반짝 묻습니다
스스로 감당할 수 없는
지순(至純)한 진홍빛 그리움으로
키 낮은 나무와
풀과 꽃과 등 부비며
당신에게 물들고 싶습니다

.

바
람

머물고 싶다 해서
머물 수 없지만
머무는 동안이
볼살이 바알간
석류처럼 알알이
불타는 꿈이면 좋겠다

떠나고 싶다 해서
떠날 수 없지만
떠난 자리가
수염이 덥수룩한
늙은 상수리나무처럼
가득한 고독이면 좋겠다

어느 누구의 가슴에는
머물러 있고
어느 누구의 가슴에는

떠나 있는

혼자 부는 바람 같은

자유이면 좋겠다

겨울산

겨울산은
이쪽 골짜기에서
저쪽 산마루까지
투명 창 같다
별똥별은 내려서
누구의 신비한 꿈이 되며
은사시나무는 어떻게
서서 생각을 깊게 하고
첫눈은 따뜻하게
첫사랑을 덮을 수 없으며
겨울바람은 자꾸만
골짜기로 몰려드는지……
겨울산은
이쪽 골짜기에서
저쪽 산마루까지
나이 드신 이장님처럼
훤하다

4
월
은

한 방울의 봄비에
한 길만큼 키가 되는
4월에도 꽃은 떨어집니다
한 줌의 햇살에
한 움큼의 목숨이 자라는
4월에도 꽃은 떨어집니다
가만히
하늘로부터 와서
하늘로 올라가는
떨어져야
꽃이 되는 4월은
아스라함입니다

명복공원에서

백일홍이 무더기로 붉다
비가 무더기로 쏟아진다
목숨이 무더기로 떨어져
한 줌 허무가 된다
남은 사람은
무더기로 슬프고
떠난 사람이
무더기로 그립다
여름 아침 명복공원에
백일홍이 무더기로 피었다

박태기나무

병아리 봄마중 나오듯

박태기나무에서 꽃이 나왔습니다

보랏빛 촘촘하게 들어찼습니다

박태기나무 아래에서

문득 지난봄 힘겹게 울던

한 아이가 생각납니다

다문화라 외톨이라서……

그 아이를 외롭게 한

외로운 아이들을 생각합니다

박태기나무는

하얗고 노랗고 붉은 이 봄 속에서

외롭지 않을까

속마음 들킨 영산홍

붉어집니다

무엇으로
사는가

손에 책을 들고 지하철을 탄 날은
짜장면을 배불리 먹은 날보다
기분이 좋다

가방에 책을 넣고 출근하는 길은
아침밥을 든든히 먹은 날보다
생각이 부르다

침대에서 책을 읽다 조는 날은
스마트폰으로 스마트한 사람보다
꿈이 깊다

일회용 세상

봄철에 금방 나온

플라스틱 화분에 피어난 꽃

잠깐 사랑받다

꽃이 지면 버려진다

뿌리와 줄기는

싱싱하게 살아 있어도

목적은 오직 꽃뿐

조류독감 지역처럼 버려진다

기다리면

다시 꽃 피울 힘 모을 텐데

꽃이 지면 그뿐

종이컵처럼 구겨져 버려진다

악
몽

6월, 무논에서
개구리가 올라오면
심심해서
개구리 똥구멍에
보릿대를 꽂았다
푸우후 터지기 직전까지
낄낄거리며 분다
뒷다리 잡고 패대기친다
쫘악 뻗는다
이유는 단 하나 심심해서

6월, 무논에서
개구리가 우는 밤이면
심심해서
몰래 내 엉덩이에
보릿대를 꽂는다
낄낄거리며 푸후우 분다

떼로 달려들어 패대기친다

좌악 뻗는다

이유는 단 하나 심심해서

존재하는 것만으로도
힘이 되는 이들에게 바치는 노래

-박상률(시인)

전병석의 시집 『그때는 당신이 계셨고 지금은 내가 있습니다』에 실린 각 시편들은 존재 그 자체만으로도 힘이 되는 이들에게 바치는 노래이다. 존재하는 것만으로도 가장 큰 힘이 되는 이는 누구보다도 어머니이다(였다).

지난밤
거친 바람에도
떨어지지 않으려 버틴 것은
네가 있기 때문이다
존재하는 것만으로
힘이 된다는
네 말 때문이다

홀연히

어느 바람에 떠나더라도

슬퍼하지 마라

흩날리는 벚꽃처럼

아름답길 빌어라

- 「병상에서」 전문

어머니는 병원에서 투병 중이다. 이제쯤 이승의 인연줄을 놓고 싶지만 "존재하는 것만으로/힘이 된다는/네 말 때문"에 목숨줄을 붙들고 있다. 그러나 '바람에 흩날리는 벚꽃처럼 아름답게 떠나고 싶다'. 그런 어머니가 홀연히 하늘길로 떠나셨다. 그것도 퇴원 날을 받아 두고서…….

내일이면

엄마는 퇴원한다

형제들이 모였다

엄마를 누가 모실까

아무도 나서는 사람이 없다

큰형이 무겁게 입을 열었다

요양원에 모시자

밀랍처럼 마음들이 녹는다

그렇게 모의하고 있을 때

병원에 있던 작은 형수

전화가 숨 넘어간다

어머님 상태가 갑자기 나빠지고 있다며……

퇴원 후를 걱정하던 바로 그 밤

자식들 역모를 눈치챘을까

서둘러 당신은

하늘길 떠나셨다

- 「역모」 전문

어머니가 퇴원하면 모시겠다고 나서는 자식이 아무도 없다. 이를 눈치챘을까? 어머니를 요양원에 모시자는 말을 마치 들은 것 같다. 그래서 서둘러 세상을 떠나신 거 아닐까? 시인은 자식들의 '모의'를 어머니가 들은 성싶어 괴롭다. 어쩌면 어머니는 퇴원 뒤 자식들에게 짐이 되지 않을까 줄곧 생각하셨을 것이다. 그래서 되레 괴로웠으리라. 그 괴로움은 하늘로 가실 만큼 깊었는지 모른다.

부모가 자식들에게 사랑을 베푸는 내리사랑은 맹목적이지만 자식이 부모를 사랑하는 치사랑은 맹목적이지 않아 매우 어렵다. 시인의 어머니가 베푼 내리사랑도 마찬가지였다.

수돗가 양지

올망졸망한 장독들

일찍 떠난 남편

군에 간 큰아들

콩나물처럼 자라는 막내

생각날 때마다

하나, 둘, 셋……

가슴 아리는 그리움

눈물 반짝이는 슬픔

큰 그리움은 큰 독에서

작은 슬픔은 작은 독에서

아프게 익었으리라

하지만

큰 독에도 작은 독에도

담을 수 없었던 외로움은

어떻게 되었을까

- 「장독」 전문

이 시에 어머니의 신산했던 젊은 날이 들어 있다. 남편을 일찍 여의고 자식들을 도맡아 키우는 어머니. 시인은 어머니의 그리움과 슬픔이 저마다 크기에 맞는 장독에서 아프게 익었으리라고 짐작한다. 그런데 "큰 독에도 작은 독에도/담을 수 없었던" '외로움'은 어찌했을까? 어머니의 외로움을 걱정할 만큼 자식은 자랐지만, 어머니는 이젠 시어머니보다 자식이 더 어렵다고 느낀다(「돋보기안경」). 그래도 어머니는 자식이 전화만 해도 기쁘다. "오늘은 기쁜 날/네가 오랜만에 전화를 하였다/네게는 사소할지 모르나/나는 그 사소한 전화로/오랜 외로움을 견딘다/늙어 혼자 살면서/전화를 기다리는 것이/하루의 전부라면/너는 믿을까"(「운수 좋은 날」 부분).

어머니의 외로움은 자식의 전화 한 통으로도 떨쳐진다. 자식에겐 사소한 전화이지만 어머니는 그 사소한 전화로 견딘다! 어머니의 외로움에서 시인은 이 시대 노인들의 보편적인 '삶'을 읽어 낸다.

팔십이 되었어도

혼자 일어나

혼자 밥 먹고

혼자 목욕 가고

혼자 말하고

혼자 TV 보다

혼자 잠자고

혼자……

혼자……

혼자……

혼자 죽는다

       - 「혼자」 전문

  전병석의 시는 말장난이나 잔재주가 없다. 그러나 울림
은 크다. 이는 특별한 시적 장치는 하지 않으면서도, 평이한
언어 배치를 통해 말하고자 하는 바를 효과적으로 드러내기
때문이다. 이 시에서는 '혼자', '혼자……'를 시각적으로 도
드라지게 했다. 그냥 '혼자'인 상태를 보여 주기만 한다. 독
자들로 하여금 머리를 쥐어짜게 하지 않는다.

  "혼자 죽는다"는 언명. 이 시대 노인들의 '숙명'처럼 느
껴진다. 혼자 일어나, 혼자 밥 먹고, 혼자 목욕 가고, 혼자 말
하고, 혼자 TV 보다, 혼자 잠자고, 결국은 혼자 죽는 존재.
사람은 저마다 홀로일 수밖에 없는 숙명을 타고났지만 사는
동안은 사람끼리 어울려 지낸다. 죽을 때도 곁에서 '다른 사
람'들이 지켜봐 주었다. 그런데 지금 많은 이들에겐 죽는 일
조차도 '홀로 치러내야' 하는 의식이다.

  어머니도 무덤 속에 홀로 누워 있다. 벌초 때에나 어머니

무덤을 찾는다. 마흔쯤에 홀로 되신 어머니. 그때부터 "쑥대처럼 생목숨 쫓겼던" 어머니. 어머니는 말씀하신다. "함부로 할 수 있는 목숨은 없다"고. 그래서 어머니 무덤가에 지천으로 자라난 쑥대를 예초기로 자르면서도 죄스럽기만 하다. "쑥도 생목숨인데……"라고 무덤 속의 어머니가 말씀하신다.

존재 그 자체만으로도 힘이 되어 주신 어머니. 그런 어머니인데 이 세상에 없다. 자식은 지금 어머니가 그립다. 그래서 "아무리 당신 모습 떠올려도/물에 번진 수채화처럼/희미합니다"(「그리움」부분). 그러기에 "혹여나 당신/오는 길 잊었을까/아스라한 꿈길에/초승달 하나 달았습니다"(「그리움」부분)라고 노래한다. 초승달을 등불 삼아 어머니가 찾아오시면 좋겠다. 자식의 탄식 어린 '사모곡'으로 절절하다. 더더구나 어머니는 생전에 "애비 없는 자식 소리 듣지 마라/이 말 이상 한 적이 없다"(「어머니」부분).

어머니가 없는 세상은 '어둠'이다. 어머니가 이 세상에 계실 때는 어둠이지 않았다. 이제야 깨닫는다.

밤이 되어야

나타나는 별처럼

어둠이 마당을 채우고서야

집으로 돌아왔다

그러다 어머니는

아예 어둠이 되었다

큰 별이 아니어도

어느 언덕에선가

세상에서 가장 행복한

별로 빛나기를 소원하며

어머니는

세상에 남아 있는 어둠 모아

완전한 어둠이 되었다

어머니가 없는 밤

어머니의 자리에 누워

별을 기다리는 어둠이 된다

-「어둠」 전문

시인은 마침내 "어머니의 자리에 누워/별을 기다리는 어둠이 된다". 어머니에겐 자식이지만 시인은 자신의 자식도 거느리게 된다. 자식이 자신에게 어떤 존재인지도 안다. "아침에 보아도/저녁에 보아도/예쁘다/가까이서 보아도/멀리서 보아도/가지에 달려 있어도/땅에 떨어져 있어도/예쁘다"(「자식」부분). 자식은 그런 존재이다. 물론 사춘기를 통과하는 자식은 이게 내 자식이 맞나 싶기도 하다. 그래서 이런 시가 나왔을 것이다. "아들이/불처럼 대든 날은/온몸으로 바람이 들어오는 것 같다"(「사춘기」전문).

젊은 시절 군에서 외박 나왔을 때 어머니께 김치가 가장 먹고 싶다고 말했다. 그랬더니 어머니는 "기차 타고/시외버스 타고/걷고 또 걸어/전방으로 면회 왔다/배추김치/열무김치/깍두기/파김치/머리에 이고/양손에 들고"(「자식이 뭐라고」부분) 자식을 면회했다. 그때 시인은 "아들이 뭐라고/자식이 뭐라고" 그러나 싶었을 것이다. 하지만 이제는 자신이 그런 애비가 되어 있다. 자식이면 무조건 예쁜 애비! 그러면서 노후 대비가 뭔지도 안다. "나이가 들면/보험보다/연금보다/출세한 자식보다/찾아오는 자식이 있어야 한다"(「노후 대비」부분).

존재하는 그 자체만으로도 힘이 되는 사람은 어머니와 자식뿐만이 아니다. 아내도 그런 사람이다.

토요일 오후
아내가
물회가 먹고 싶다며

포항에 가자고 하였다

나는

물회도 별로고

운전도 싫어

핑계를 대었다

아, 아내를

사랑하지 않는구나

가슴이 철렁하여

프로야구가 없는

토요일 오후

아내와 포항물회를 먹었다

-「권태기」 전문

자식 낳고 살다 보면 어느 때부터 남편은 아내를, 아내는 남편을 그리 귀히 여기지 않게 된다. 부부는 촌수를 따질 수 없는 무촌이다. 그러기에 가벼이 여기면 남이지만, 중하게 여기면 가장 소중한 존재이다.「권태기」라는 제목이 말해주듯 시인도 처음엔 시큰둥하게 반응했다가 '아차' 싶어 기꺼이 아내의 요구에 응했다. 이어 아내의 잔소리를 통해 '한 소식'을 접하기도 한다.

세탁기에서

막 꺼낸 빨래를

대충대충 건조대에 넌다

탁탁 털어 널어야 한다는

아내의 말은 잔소리로 흘린다

햇볕과 바람이 놀다 간

빨래들은 뻣뻣하다

펴려고 해도 펼 수 없다

젖어 있을 때

탁탁 털어 널어야 하듯이

인생도 젖어 있을 때

탁탁 털어야 한다

- 「깨달음」 전문

아내를 통해 남편은 "젖어 있을 때/탁탁 털어 널어야 하듯이/인생도 젖어 있을 때/탁탁 털어야 한다"고 마침내 깨닫는다. 삶의 비의를 알게 된 것이다. 그래서 "조간신문을/아껴 읽는 은퇴자처럼/마음을 아낍니다"(「숨바꼭질」 부분)의 경지를 얻는다. 더불어 "내가 있어 네가 더 붉고/네가 있어 내가 더 빛나는/아름다움이 되었다"(「동행」 부분)까지에 다다르게 된다.

시를 쓴다는 건 자신의 삶에 난 생채기도 어루만지고 스스로 성찰도 하는 것이리라. 중년의 시인은 스스로 다짐한다. "(국기에 대해)엄숙하게 맹세하여도/애국심이 자라지 않는 것처럼/날마다/다짐의 맹세를 하여도/짭쪼름한 새우깡 그 하나를/참을 수 없다"(「갈매기」부분)고 스스로를 다잡는다. 물론 "아이들이 돌아간/텅 빈 운동장/중년의 사내들이/공보다 큰 배를 흔들며/축구를 한다"(「중년의 꿈」부분)며 자신의 현재 상태를 정확히 파악하고 있기도 하다. 그렇다고 나이를 먹는 걸 초조해하지도 않는다. "신호등은 급하다고/신호를 바꾸지 않는다/눌린 살갗이 올라오듯이/다음 신호를 기다려야 한다"(「나이를 먹다」부분)는 걸 알고 있다. 그래서 저승으로 가는 '태국이 형에게' "한 사람의/생애가 가는데/꽃 피는 봄이면 어떻고/눈 내리는/겨울이면 어떻겠는가/잘 가시게/사랑하는 사람아"(「잘 가시게」부분)라고 덤덤하게 말한다. 자신은 "동백처럼/단번에 훅/떨어지고 싶다"(「죽음의 꿈」부분)면서……